斑長得不一樣

獻給不一樣的你

© 小斑長得不一樣
——小馬來貘的神奇偽裝術

文　　　圖	劉小屁
責任編輯	朱君偉
美術設計	黃顯喬
發 行 人	劉振強
著作財產權人	三民書局股份有限公司
發 行 所	三民書局股份有限公司
	地址　臺北市復興北路386號
	電話　(02)25006600
	郵撥帳號　0009998-5
門 市 部	(復北店)臺北市復興北路386號
	(重南店)臺北市重慶南路一段61號
出版日期	初版一刷　2018年11月
編　　　號	S 317621

行政院新聞局登記證局版臺業字第○二○○號

http://www.sanmin.com.tw　三民網路書店
※本書如有缺頁、破損或裝訂錯誤，請寄回本公司更換。

小斑長得不一樣

小馬來貘的神奇偽裝術

劉小屁／文圖

三民書局

在茂密的熱帶雨林裡，
住著一隻小馬來貘，
他的名字叫做小斑。
小斑最愛他的家人了。

可是在小斑心中

一直有一個小小的疑問：

「為什麼爸爸、媽媽

還有哥哥、姊姊

都是黑白相間，

只有我是花溜溜的呢？」

小斑去拜訪好朋友象象，
象象跟他的媽媽長得好像喔！

小斑又去看看好朋友蛙蛙，
蛙蛙一家人簡直就是一個模子刻出來的！

小˙斑ㄅㄢ、象ㄒㄧㄤ象ㄒㄧㄤ和ㄏㄜˊ蛙ㄨㄚ蛙ㄨㄚ
一ㄧ起ㄑㄧˇ去ㄑㄩˋ找ㄓㄠˇ好ㄏㄠˇ朋ㄆㄥˊ友ㄧㄡˇ小ㄒㄧㄠˇ猴ㄏㄡˊ。
發ㄈㄚ現ㄒㄧㄢˋ他ㄊㄚ們˙的ㄉㄜˊ家ㄐㄧㄚ族ㄗㄨˊ成ㄔㄥˊ員ㄩㄢˊ幾ㄐㄧˇ乎ㄏㄨ一ㄧ模ㄇㄛˊ一ㄧˊ樣ㄧㄤˋ，
快ㄎㄨㄞˋ分ㄈㄣ不ㄅㄨˋ清ㄑㄧㄥ誰ㄕㄟˊ是ㄕˋ誰ㄕㄟˊ了˙ㄌㄜ。

小ㄒㄧㄠ斑ㄅㄢ的ㄉㄜ好ㄏㄠ朋ㄆㄥ友ㄧㄡ
和ㄏㄜ他ㄊㄚ們ㄇㄣ的ㄉㄜ家ㄐㄧㄚ人ㄖㄣ
長ㄓㄤ得ㄉㄜ很ㄏㄣ像ㄒㄧㄤ。
「為ㄨㄟ什ㄕ麼ㄇㄜ我ㄨㄛ跟ㄍㄣ媽ㄇㄚ媽ㄇㄚ
卻ㄑㄩㄝ一ㄧ點ㄉㄧㄢ兒ㄦ都ㄉㄡ不ㄅㄨ像ㄒㄧㄤ呢ㄋㄜ?」

「難道 …… 我的家人應該是跟我一樣花花的嗎？」

真爸爸?!　　　真媽媽??!!

小ㄒㄧㄠˇ斑ㄅㄢ越ㄩㄝˋ想ㄒㄧㄤˇ越ㄩㄝˋ難ㄋㄢˊ過ㄍㄨㄛˋ，

默ㄇㄛˋ默ㄇㄛˋ收ㄕㄡ拾ㄕˊ行ㄒㄧㄥˊ李ㄌㄧˇ，

留ㄌㄧㄡˊ下ㄒㄧㄚˋ紙ㄓˇ條ㄊㄧㄠˊ，

出ㄔㄨ發ㄈㄚ去ㄑㄩˋ尋ㄒㄩㄣˊ找ㄓㄠˇ

他ㄊㄚ真ㄓㄣ正ㄓㄥˋ的ㄉㄜ˙爸ㄅㄚˋ爸ㄅㄚˋ、媽ㄇㄚ媽ㄇㄚ。

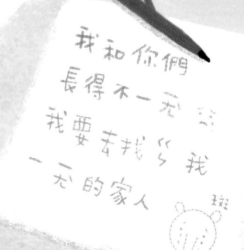

我和你們
長得不一元...
我要去找ㄅㄣ 我
一元 的家人
斑

一不小心，

小斑竟然在深深的雨林中迷路了！

為了看清前面的路，

他著急的撥開茂密的植物，

卻看見了

路過的老虎媽媽和小老虎。

「咦？老虎沒有看到我耶！
為什麼他們沒有看到我呢？」
小斑覺得好奇怪。
看著老虎媽媽和小老虎
遠去的背影，
小斑鬆了一大口氣。

「小斑——你在哪裡?」「小斑——快點出來啊!」

看到小斑留下的紙條,全家急壞了。

大家在雨林中四處尋找,

還好不久就找到驚魂未定的小斑。

為了解開小斑的疑惑，

大家拿出自己小時候的照片。

這時小斑終於放心了。

「原來……我們小時候長得都一樣！」

知識補給站

小馬來貘的神奇偽裝術

自然界中大部分的哺乳動物幼體與成體除了體型大小以外，其餘外觀的特徵差異不大。但是有些動物小時候卻和長大後的樣子相差甚遠，馬來貘就是這樣的動物。

馬來貘又叫亞洲貘，是貘類中最大的一種。牠的前肢有四趾、後肢有三趾，是一種大型的草食性哺乳動物。雌性的馬來貘體型通常比雄性來得大，身體渾圓可愛、長相奇特有趣，全身毛色黑白相間，身體中後段的白色體毛就好像圍著浴巾一樣。

馬來貘分布於東南亞的馬來半島、蘇門答臘、泰國南部與緬甸南部的低海拔熱帶雨林。牠們很少離開水邊，平時喜歡待在水中或是泥中，一來為了躲避敵人，二來可以降溫，在水裡游泳時可以將長鼻子伸出水面來進行呼吸。牠們的性情溫和、膽小且害羞，由於視力不好，平常依靠靈敏的聽覺與嗅覺躲避危險。

馬來貘的妊娠期為 13 個月，平均一年一胎。剛出生的小馬來貘全身為棕色，布滿白色的斑點和條紋，在斑駁的樹影下形成一種很好的保護色，但是 6 個月大後就會逐漸褪去，因此我們才會看到馬來貘小時候和長大不一樣。

作者簡介

劉小屁

本名劉靜玟，臺北市立師範學院畢業。

離開學校後一直在創作的路上做著各式各樣有趣的事。

接插畫案子、寫報紙專欄，作品散見於報章與出版社。

在各大百貨公司與工作室教手作和兒童美術。

2010 第一本手作書《可愛無敵襪娃日記》出版。

2014 出版了自己的 ZINE《Juggling from A to Z》。

開過幾次個展，持續不斷的在創作上努力，兩大一小加一貓的日子過得幸福充實。

給讀者的話

《小斑長得不一樣》是一本結合了科普知識和品格教育的繪本。我們以馬來貘小時候的「保護色」為出發點，說了一個「不一樣也沒關係」的故事。主人翁小斑，因為自己的毛色跟家人不同而產生懷疑，甚至想要離家出走，去尋找跟自己長相一樣的爸媽。卻在遭遇一個小小的突發狀況後，發現了不一樣的好處，並感受到家人的愛。

小馬來貘慢慢長大，會褪去原本的保護色，變得跟其他大馬來貘一樣，黑白分明。故事中的小斑因此而覺得安心。我卻深深希望，每個孩子都能夠自在的接受自己不一樣的地方，並且好好保護這珍貴的「不一樣」。擁有自己的姿態，長成獨一無二，美好無比的大人。

用寬廣而溫柔的心包容、欣賞每個人的相異之處，世界才能更豐富有趣不是嗎？

不一樣沒關係，不一樣也很好喔！